Petit Ours Brun

et le bébé

Marie Aubinais • Danièle Bour • Céline Bour

bayard jeunesse

Chez Petit Ours Brun,
il y a deux invités.
Madame Ourse Grise
vient d'arriver
avec son petit bébé.

Le petit bébé
ne fait que se reposer.
Petit Ours Brun
aimerait bien
qu'il soit réveillé.

Le petit bébé
se met à pleurer.
Petit Ours Brun dit :
– Mais il faut l'arrêter !

Le petit bébé
commence à téter.
Petit Ours Brun lui dit :
– Tu veux mon goûter ?

Le petit bébé
ne veut plus manger.
Petit Ours Brun dit :
– Peut-être qu'il veut jouer ?

Le petit bébé
tient le doigt
de Petit Ours Brun.
Petit Ours Brun
ne peut plus l'enlever.

Petit Ours Brun
avait très envie
de tenir le bébé.
Mais maintenant,
il est tout gêné.

Découvre d'autres aventures de Petit Ours Brun :